AF310455

L'AUTORITÉ
DANS L'EMBARRAS,

COMÉDIE VAUDEVILLE

EN UN ACTE,

De MM. Alexis Decomberousse et Jaime;

Représentée pour la première fois, à Paris, sur le théâtre des Variétés, le 14 janvier 1835.

Prix : 1 Fr. 50.

PARIS,

MARCHANT, ÉDITEUR, BOULEVART S.-MARTIN, 12;
BARBA, LIBRAIRE, PALAIS-ROYAL.

—

1835.

PERSONNAGES.ACTEURS.

PERSONNAGES.	ACTEURS.
PATOCHE, adjoint du maire.	M. Odry.
NANETTE, sa femme.	Mᵐᵉ Moutin,
MADINE, leur fille adoptive,	Mˡˡᵉ A. Dupont.
GUSTAVE de Givray.	M. Alexandre.
Un Domestique.	M. Vézian.
Mère LELEU, commère et voisine.	Mlle Flore.
Mère PERRIN, *idem*.	Mlle Louisa.
Le bedeau de la paroisse.	M. George.
Villageois et Villageoises.	

La scène se passe dans un village aux environs de Perpignan.

Imp. de J.-R. Meyrel,
Passage du Caire, 54.

L'AUTORITÉ DANS L'EMBARRAS,

COMÉDIE-VAUDEVILLE.

Le théâtre représente la place publique de l'endroit. A gauche, la maison de Patoche. Sur le devant de la scène, un banc. Dans le fond, paysage et chemin conduisant à l'église.

SCENE PREMIERE.

UN DOMESTIQUE, *assis sur le banc, s'essuyant le front.*

Impossible de retrouver mon pauvre maître!.. son père va être désolé; car son fils, un si joli garçon, devenir fou par amour! (*Se levant.*) Il n'y a pas à dire, il faut que je le trouve!

Il sort.

SCÈNE II.

NANETTE, MÈRE PERRIN, MÈRE LELEU, *puis* PATOCHE, *à la fenêtre.*

NANETTE. Ça n'empêche pas, mes chères voisines, que c'est comme ça..

MÈRE LELEU. Pardine, nous l' savons ben, mais aussi, comment se fait-il que c'e-t comme ça?

NANETTE. Ah! dam!.. parce que c' garçon aime c'te fille..

MÈRE LELEU. Et puis, parc'que c'te fille a enjôlé c' garçon.

MÈRE PERRIN. Pas autr' chose...

NANETTE. Vous croyez... Eh! ben... en attendant, c'est c' matin à neuf heures que le mariage va avoir lieu. Il en est déjà huit, me v'là en grand costume, M. Patoche, mon mari, qu'est justement l'adjoint du maire, est en train d' s'habiller... la mariée va t'être prête, le futur demeure en face, vous voyez que ça n' s'ra pas long...

MÈRE LELEU. Ah! nous savons ben que vous ne perdez pas votr' temps...

NANETTE, *à part.* L'impertinente!..

PATOCHE, *à la fenêtre.* Ma femme! ma femme!.. mon épouse, madame Patoche, donnez-moi, mes vêtemens...

NANETTE. Tout est prêt dans la chambre...

PATOCHE. Mais non, ça n'est pas prêt... (*Montrant sa chemise.*) Je n'ai absolument que ce simple tissu, et je ne trouve qu'une cravatte, c'est par trop négligé...

NANETTE. Est-il étonnant, cet être-là... (*A Patoche.*) Mais le reste te crève les yeux, tu as passé dix fois devant; tout est sur la commode... (*Il referme sa fenêtre. Aux voisines.*) Tenez, voisines, si vous faisiez bien, vous prendriez votre parti, et vous seriez de la noce.

MÈRE LELEU. Du tout...

Air *de Funchon.*

J' veux qu'il épouse ma fille !

MÈRE PERRIN.

Il trouve la mienne gentille...

TOUTES DEUX.

Il faut qu'Ovide soit son mari...

NANETTE, *les interrompant.*

Bien qu'on voie à la ronde.
Certaines femmes qu'en usent tant et plus,
Il y a des hommes pour tout le monde.
C'est l' tout de mettre la main dessus.

PATOCHE, *à la fenêtre.* Ma femme ! mon épouse !.. ma femme !..

NANETTE. Qu'est-ce qu'il te faut donc encore ..

PATOCHE. Mais je ne trouve pas mon gilet papillon...

NANETTE. Je crois bien, il est usé... mets ton gilet ponceau.

PATOCHE. Du tout... le ponceau me pâlit, le ponceau me tue !.. je suis atroce avec du ponceau, je veux mon papillon.

NANETTE. Puisque je te dis qu'il est usé.

PATOCHE. Eh bien ! alors, j'aime mieux aller sans rien... je vas descendre sans rien...

Il referme sa fenêtre.

NANETTE. Dieu ! quel homme, qu'il est entêté...

MÈRE LELEU. Il a ben fallu qu'il le soit, pour décider Ovide Pitral à se détacher de ma fille...

NANETTE. Laissez donc, dès qu'on trouve une jeune fille plus gentille que celle à qui l'on faisait d'abord la cour, on n'a besoin d' personne, allez... pour se détacher de la première, et c'est comme ça qu' c'est arrivé à Ovide.

MÈRE LELEU. Oh ! l'on sait comm' ça s'est arrangé... certainement le pauvr' garçon qu'est possesseur d'un' bonn' ferme n'aurait pas été s'amouracher tout seul d'une orpheline qui n'a pas le sou.

NANETTE. Vous oubliez qu' c'est not' fille adoptive...

MÈRE LELEU. Et d'plus. un' belle mijaurée, qui a été élevée

chez l'ancien maître du château, défunt... c' pauvre capitaine Servieux, soignée et presque habillée comme sa propre fille, si bien qu'on les prenait quelquefois l'une pour l'autre.

NANETTE. Dam !.. c'est tout simple, deux jolies sœurs de lait, et qui portaient le même nom.

MAD. LELEU. Encore une fois, c'est votre intrigue qu'a manigancé ça, et puis ça fait pitié, par avarice, marier une fille si jeune.

MÈRE PATOCHE. J' me suis bien mariée à quinze ans, et puis cette enfant, nous l'avons adoptée; au moins, en la mariant, ça lui fera une position dans le monde.

MÈRE LELEU. D'ailleurs, on n'ignore pas que M. Patoche, l'adjoint, a tout pouvoir sur l'esprit d' ce jeune homme.

SCENE III.

Les Mêmes, PATOCHE.

PATOCHE, *entrant.* Voyons, voyons... qu'est-ce que vous dites de l'autorité, mes petits amours, à la femme de l'autorité, mes petits anges.

MÈRE LELEU. Nous disons qu'ell' n'aurait pas dû penser à ses intérêts aux dépends de l'intérêt général.

PATOCHE. Qu'est-ce à dire, moi, administrateur intègre autant qu'éclairé, oublier l'intérêt général....

MÈRE LELEU. Oui, vous.

PATOCHE. Moi, qui ne rêve que fontaines, canaux, chemins de fer, cailloux, poteaux et autres monumens... car, il faut que je bâtisse j'ai la rage de bâtir, je suis comme le castor.

MÈRE LELEU. Ce qui n' vous empêche pas d' favoriser une étrangère au détriment des filles de la commune.

PATOCHE. C'est scandaleux, c'est amer, l'esprit du peuple est plein de fiel !.. je vais répondre... (*A sa femme qui s'est placée devant mère Perrin.*) Ote-toi de là, tu m'empêches de voir madame !.. il n'y a pas de gouvernemens possibles, si l'autorité est sans cesse attaquée !.. comment, magistrat irréprochable, époux d'une des plus belles femmes de l'endroit. Après dix-sept ans de ménage, me trouvant sans postérité... j'adopte une créature, une créature toute faite !.. une fille, l'espoir de mes cheveux blancs, et parce que je la marie avec un homme digne de ma position sociale, l'arrondissement jette les hauts cris... c'est affreux...

Air du Dîner de garçons.

Lorsque je mets un habit neuf,
C'est un hourra dans la commune,
Si j' mang' du poulet au lieu d' bœuf
On chuchotte sur ma fortune,
De tout m'interdire on prend soin;

> Pour calmer c't humeur inquiète,
> Pauvre adjoint obscur dans mon coin,
> Il faudrait donc qu'j' mangeasse du foin
> Ça finirait par être trop bête.

NANETTE, *à son mari.* Voyons, voyons! ne te fais pas de mal...

PATOCHE. Ah! ça, mais que veut-on? fallait-il la marier à un intru, au violon de la paroisse... un vil ménestrier... Ah! c'en est fait, c'en est fait, la démocratie inonde nos campagnes, la démocratie coule à pleins bords...

NANETTE. Mon Dieu, notr' homme, ne t'échauffe pas, et vous autres laissez-le tranquille, v'là son jabot tout déplissé.

PATOCHE, *d'un ton solennel.* Qu'est-ce qu'un jabot, quand des mains envieuses chiffonnent l'ordre social de toutes parts.

NANETTE. Va, va!.. laisse-les crier, personne ne s'étonnera que Pitrat ait fait choix d'une jeune fille dont la conduite est si méritante.

MÈRE LELEU. Ah! oui... parlons d' ça...

NANETTE. Comment, qu'avez-vous à lui r'procher?..

MÈRE LELEU. Oh! rien, son voyage à Paris... deux mois avant son mariage, c'est tout simple, et il n'y a rien à dire...

NANETTE. Tiens... six semaines après le vôtre; vous n'y avez p't'être pas mené votre mari, vous?..

PATOCHE. C'est positif, vous y avez conduit votre mari, en coucou.

MÈRE LELEU. C'est vrai, mais on savait pourquoi, tandis que Madine n'a jamais pu dire ce qu'elle y a fait.

NANETTE. Voisine, vous êtes une méchante langue.

MÈRES PERRIN *et* **LELEU.** Et vous une intrigante.

NANETTE, *furieuse.* Intrigante!.. moi! (*S'élançant sur la mère Leleu.*) Tiens... voilà pour ton intrigante...

PATOCHE, *la retenant.* Madame Patoche!

NANETTE. Non! . il faut absolument que je calme mes nerfs...

> Les femmes veulent se prendre aux cheveux; Pato-
> che se jette au milieu d'elles et reçoit les taloches.

PATOCHE, *à mesure qu'il reçoit les coups.* Allons, allons, mesdames... allons, femmes respectables! allons vieilles enragées... au secours! au secours!

SCÈNE IV.

Les Mêmes, OVIDE PITRAT, *costume de noce.*

PITRAT, *accourant au bruit.* Eh! bien, qu'est-ce qu'il y a?.. me voilà! me voilà! voilà le marié! Ah! mon Dieu! mon beau-père qui reçoit des taloches.

PATOCHE. A moi! à moi, mon garçon, un coup de main, je t'en supplie, pour séparer le beau sexe qui s'assomme. (*Aidé de Pitrat, il parvient à séparer les commères, et s'arrête tout essoufflé.*) C'est gentil, pour des dames...

PITRAT. Absolument comme les boxeurs anglais qui ont donné dimanche une représentation sur la place de l'Eglise.

Air *de Voltaire chez Ninon.*

NANETTE.
Vit-on jamais deux femmes comme ça
Plus méchantes, plus envieuses!
MÈRE LELEU, *s'avançant.*
Ah! bien! et vous donc?
PATOCHE.
Halte là!
MÈRE LELEU.
Non, c'est qu'elle est des plus hargneuses.
PATOCHE.
Voulez-vous, ô sex' le plus doux,
R'commencer la petite guerre?
Bon! tuez-vous, assassinez-vous,
Je vous préviens que je vous laisserai faire.

PITRAT. Oui, nous vous prévenons que nous vous laisserons faire.

PATOCHE, *le prenant par le bras.* Tenez, le meilleur argument contre vos médisances, le voilà...

PITRAT. Comment, comment, je suis un argument, vous ferez donc toujours des calembourgs sur moi, père Patoche...

PATOCHE. Tenez, voici un habit et un visage sereins, qui en disent plus que tous vos bavardages.

PITRAT. Costume d'épouseux, quoi...

MÈRE LELEU. Oui, oui, nous savons ben que c'est un imbécile.

PITRAT. C'est pourtant pas votr' fille qu' j'épouse, mère Leleu. (*A part.*) Attrape.

MÈRE PERRIN. Qu'est-ce à dire?

PITRAT. Ni la vôtre mère Perrin...

TOUTES DEUX, *en colère.* L'insolent!..

PITRAT. Non, mais, c'est que vous prétendiez que j'étais un imbécile...

PATOCHE. Silence!.. voici la mariée; cessez vos turpitudes, j'oublie les coups donnés au magistrat, par bonheur j'étais sorti sans mon écharpe, car si je l'avais eue, elles étaient flétries les malheureuses...

SCÈNE V.

Les Mêmes, MADINE.

PITRAT, *courant au-devant d'elle.* V'là Madine! v'là ma petite femme! Bonjour, ma petite Madine!

MADINE. Bonjour, mon bon Pitrat. (*Sautant de joie.*) Ah! que je suis heureuse aujourd'hui.

PITRAT. Et cette nuit? et demain? et toujours...

PATOCHE. Toujours! jeune homme sans expérience, je t'en souhaite, demande à mon épouse.

MADINE. Mais regardez-moi donc, suis-je gentille en mariée, hein?

NANETTE. Comme un cœur, et un joli petit cœur, encore!..

Elle l'embrasse.

MÈRE LELEU, *à la mère Perrin.* Oui, elle est belle! je vous demande un peu à quoi qu' ça ressemble! auprès de ma grosse tamponne de boulotte.

MÈRE PERRIN. Et auprès d' ma chonchette, donc...

NANETTE, *à Patoche.* Embrasse-la donc, not' homme.

PATOCHE. Chère enfant, (*Il l'embrasse.*) elle possède ce vif incarnat dont je brillais le jour de mon mariage... (*On entend des coups de fusil.*) Ah! voilà le village qui se rassemble! les gaillards sont déjà prêts, et moi qui n'ai pas mes insignes; viens ma femme...

Air

Dépêchons! *bis,*
Partons,
Revenons!
Les voici *bis.*
Qui viennent ici.
En ce jour,
Quand l'amour
S'unit au plaisir
Ne les faisons pas languir!).
PITRAT, *à Patoche.*
Les entendez-vous!
Quel bruit et quels coups,
Ils y vont de toutes leurs forces.
PATOCHE.
Epoux trop fougueux,
Ne va pas faire comme eux,
N' brûle pas toutes tes amorces.
TOUS.
Dépêchons! *bis.*
Partons, etc
M. Patoche et sa femme rentrent.

SCENE VI.

PITRAT, MADINE, MÈRE PERRIN *et* LELEU.

PITRAT, *contemplant Madine qui a été s'asseoir près du bosquet.*) Si tu vas toujours êtrc gentille comme ça, je te préviens que j'en perdrai le boïre et le manger, d'abord.

MADINE. Par exemple, il ne faut rien perdre du tout, monsieur...

Ils parlent bas.

MÈRE LELEU. Les entendez-vous roucouler? j' m'en vais, je crève de dépit...

MÈRE PERRIN, *l'arrêtant.* Un moment... un moment... regardez donc, commère...

MÈRE LELEU, *redescendant vivement.* Oh! oh! v'là du nouveau, qu'est-ce qu'il veut celui-là? (*Ici un jeune homme, mis élégamment, mais d'une manière bizarre, traverse le théâtre, il a l'air de chercher quelque chose, à la vue de Madine il s'arrête et fait un mouvement, puis il continue sa marche. Mère Leleu prenant le bras de Pitrat et l'amenant au fond du théâtre.*) Dis donc! dis donc, regarde un peu par ici.

MADINE. Qu'est-ce qu'elle veut donc à Pitrat cette vieille femme-là!

MÈRE LELEU. Vois-tu, il est de Paris, celui-là!

PITRAT. Eh bien?

MÈRE LELEU. Ta future y est allée à Paris, comme tu sais... et depuis quelques jours ce bel oiseau rôde dans nos bruyères sans qu'on sache ce qu'il est.

PITRAT. Eh ben, de quoi c' qu'il est?..

MÈRE LELEU. Nous allons te l'apprendre, c'est un amoureux.

PITRAT. Laissez donc...

Le jeune homme disparaît.

MÈRE LELEU. Surveille bien ta fiancée, et tu nous en diras des nouvelles.

PITRAT. C'est bon! c'est bon! vous êtes des vieilles méchantes... Madine est sage, honnête; et je n'ai peur de personne... (*En ce moment on entend le fifre et le tambourin.*) Ah! voilà tout le village qui se rassemble; c'est le signal de notre bonheur... Eh bien, ma petite Madine... à quoi donc c' que tu penses?

MADINE. A cette bonne mademoiselle de Servieux qui m'aimait tant, et qui n'assistera pas à mon mariage.

PITRAT. Mam'selle Madine? console-toi, va! je remplacerai tout le monde... à condition que personne ne me remplacera. Ma chère petite Madine, quel joli petit nom. A-t-il eu une bonne idée, le capitaine, de t'appeler la même chose que sa propre fille.

SCÈNE VII.

Les Mêmes, Villageoises *de la noce, puis* PATOCHE *et* NANETTE.

CHŒUR.

Air : *Chœur final de la Paysanne et la Demoiselle.*

A ce doux signal du plaisir,
Amis, hâtons nous d'accourir...
Aux deux époux offrons nos vœux
Pour que leur hymen soit heureux !
Consacrons ce beau jour
Au doux plaisir à l'allégresse;
De fêter leur amour,
Qu'ici chacun de nous s'empresse.
A ce doux signal du plaisir, etc.

Patoche, l'écharpe à la ceinture, parait accompagné de Nanette.

TOUS. Vive M. Patoche.

PATOCHE. Bonjour... bonjour, mes bons amis... bonjour commune chérie dont la prospérité me fait suer sang et eau et pour laquelle je me donne chaque jour des mals de tête incroyables. Ecoutez bien : avant un an je veux que tous les hommes aient de quoi faire le garçon, toutes les femmes de fastueux bonnets, et tous les enfans des tartines de confitures.

TOUS. Vive M. Patoche !

PATOCHE.

Air : *Tyrolienne d'Emma.*

Mes amis
Plus d'soucis
Car votre maire
Est votre père,
Il vous aim'ra
Vous protégera
Tant qu'on fera
Tout ce qu'il voudra.
Ton magistrat, ô commune chérie,
A l'œil ouvert sur ton bonheur;
Sans se lasser, il porte dans son cœur,
Tes champs, tes bois, et jusqu'à ta prairie.
Mes amis, etc.

En attendant, en ma qualité d'adjoint et de père des futurs époux, j'ai voulu qu'un arrêté vous accordât la liberté la plus pure pour aujourd'hui seulement...

Article 1er. Les deux chiens attachés à la police de la commune seront attachés dans ma cour...

Article 2e. Pour cause de sûreté publique, et sur le rapport de notre maître maçon, il est défendu de tirer des pétards à l'entour de la cathédrale.

Article 3e. Le village sera illuminé aux frais de la mairie, les

habitans seront seulement tenus de fournir chandelles, lan-
ternes, etc.

TOUS. Très bien! très bien!

PATOCHE. Attention, le cortége va se mettre en marche... en
place les mariés...

CHŒUR.

A ce doux signal...

*Soudain il est interrompu par le Bedeau qui accourt
en criant.*

SCENE VIII.

Les Mêmes, LE BEDEAU.

LE BEDEAU. M. Patoche! M. Patoche!

PATOCHE. Ah! mon Dieu! le bedeau de la paroisse...qu'est-ce
qu'il y a?

LE BEDEAU. Apprenez une grande nouvelle ..

PATOCHE. Une nouvelle?..

LE BEDEAU. Extraordinaire...

TOUS, *s'approchant.* Voyons! parlez! parlez!

LE BEDEAU. Nous étions dans l'église à vous attendre, et monsieur le curé, qu'est pressé, me dit, va-t-en voir s'ils viennent!
je sors, et devant la grande porte, je trouve un enfant presque
nouveau né.

TOUS. Un enfant!

PATOCHE. Ah! ça, mais avez vous bien regardé... êtes-vous
sûr que ce soit un enfant ..

LE BEDEAU. Il criait... il criait...

*On entend parmis les villageois, les hommes qui
menacent les femmes. Les femme répondent :
Ce n'est pas moi. Les jeunes filles s'essuyent les
yeux et boudent les jeunes gens qui leur font des
reproches.*

PATOCHE. Diable, diable... c'est très grave, un enfant... jamais on n'avait vu de ces choses-là dans ma commune... (*Aux
paysans.*) Allons ne vous disputez pas... on saura qui... ah! une
idée, à qui ressemble-t-il..

LE BEDEAU. Ma foi, monsieur, à une petite pomme cuite...

PATOCHE. Ça se complique, s'il n'a pas d'autre ressemblance,
il sera bien difficile.

PITRAT. Dites donc, M. Patoche, qu'est-ce que ça vous fait...
filons, filons!..

NANETTE. Mais certainement ça ne doit pas retarder la noce,
et cet enfant, on le réclamera. .

PATOCHE. Un instant, la justice informe, voici un moyen... J'ordonne que l'innocent soit confronté avec toutes les personnes du sexe ici présentes...

TOUS. Ah ! ah ! ah !

> Au milieu de la rumeur générale, le jeune homme qui a déjà traversé le théâtre se fait jour à travers la foule et arrive auprès de Patoche.

SCENE IX.

Les Mêmes, GUSTAVE.

GUSTAVE, *s'écriant*. Mon enfant !.. rendez-moi mon enfant !

PATOCHE. Qu'est-ce qu'il a donc, ce monsieur ? et qu'est-ce qu'il demande ?

GUSTAVE. Mon enfant !

PATOCHE. Parbleu j'ai bien entendu ; mais on ne vient pas comme cela déranger un adjoint en fonctions pour demander son enfant... on fait une pétition, on écrit une pétition. Voyons, où ? quand ? et comment vous a-t-on pris votre enfant ?

GUSTAVE. Il n'y a qu'un moment... je l'avais laissé là entre la porte de l'église où j'étais, et quand j'ai voulu le reprendre il avait disparu...

PATOCHE. Calmez-vous jeune homme, nous l'avons votre enfant.

CHŒUR,

Air : *Vive du colège.*

Quel est ce mystère ?..
Triste et solitaire
Marchant au hazard ;
Cet étranger d'humeur austère,
Qui fuyait devant un regard...
C'était son père !..

NANETTE. Eh ben !.. à la bonne heure, que ce monsieur reprenne son bien, et partons.

PITRAT. Oui, oui... partons !..

PATOCHE. Un moment, un innocent a été trouvé, voilà monsieur qui croit en être le père, nous le chicanerons pas là-dessus ; la créature a donc un père, mais ça ne suffit pas... il lui faut une mère, monsieur va nous la faire connaître...

LES HOMMES. Oui, oui... pour notre tranquillité.

PATOCHE. Oui, oui... je tiens à l'honneur des maris... car, Dieu merci, je ne suis pas comme votre ancien adjoint, homme excellent, époux délicieux... mais qui avait le malheur d'user son chapeau, toujours à la même place... Jeune homme... nomme sa mère...

GUSTAVE, *avec émotion*. Sa mère... elle m'a fui... Oh! non; je ne puis le croire... elle m'a été enlevée... il y a si long-temps que je ne l'ai vue...

PATOCHE. Encore une victime de cupidon.. calmez-vous, infortuné, vous la reverrez ; une idée !.. que toutes les femmes et filles, se rangent sur une file...

MÈRE LELEU. Ah! ben, c'est un peu fort...

NANETTE. Laissez donc... c'est un' plaisant'rie...

PATOCHE. C'est un acte administratif... allons, en ligne... (*Toutes les femmes se rangent en cercle, prenant Gustave par la main et se plaçant devant chacune.*) Attention !.. Tenez !.. c'est peut-être la grande... (*Il passe.*) Ce n'est pas la grande ?.. (*A chacune, Gustave fait signe que ce n'est pas elle, il s'arrête devant madame Leleu.*) Ah !.. malheureux jeune homme.

> Gustave continue l'inspection.

MÈRE LELEU. Ça n'est pas moi !

PATOCHE. Eh bien ! tant mieux !.. Eh ! bien, allons... tant mieux !..

> Arrivé devant Madine, Gustave s'arrête tout
> à coup.

GUSTAVE. La voilà !..

TOUS. Ciel !.. Madine...

MADINE. Moi !.. en voilà une bonne, par exemple ; mais regardez-moi donc bien, monsieur, est-ce que c'est possible, puis que je ne vous connais pas...

GUSTAVE. Enfin, je te revois, chère âme de ma vie !.. oui, te voilà !.. c'est bien toi... Oh! dis que tu n'as pas voulu m'abandonner... qu'on t'y a obligée, contrainte, car tu sais bien, que je serais mort loin de toi.

MADINE. Ma foi !.. vous auriez aussi bien fait, si vous persistez à accuser une pauvre jeune fille qui n'a rien à se reprocher... n'avez-vous pas de honte ! Ovide... Ah !.. tu ne le crois pas... je t'en supplie, dis que tu ne le crois pas...

PITRAT. Laissez-moi... c'est affreux...

MÈRES PERRIN, *et* LELEU, *à Ovide*. Hein ! qu'est-ce que nous t'avions dit ?..

PITRAT, *aux commères*. Taisez-vous... il faut que ce soit un sort que vous m'avez jeté... un sort...

MÈRE LELEU, *à Nanette*. C'est donc pour ça que vous étiez si pressée de fair' la noce, mam' Patoche.

NANETTE. Mais, c'est horrible... c'est infâme, ce que vous supposez là... Oh! Je suffoque !.. je m' trouve mal...

PATOCHE, *qui la reçoit dans ses bras*. Oh! ciel !.. ma tendre épouse !.. deux hommes pour l'emporter... deux des plus forts hommes !.. Dieu ! quelle scène... Je vais questionner la coupable... Ovide, tu vas savoir à quoi t'en tenir... va près de mon épouse, va... jeune homme sacrifié...

PITRAT. Moi qui y allais de confiance !

PATOCHE. Retirez-vous tous !

> On emporte madame Patoche, tout le monde s'éloigne, Ovide entre chez Patoche au milieu des consolations de ses amis.

Reprise du chœur.

Quel est ce mystère, etc.

SCÈNE X.

PATOCHE, MADINE, GUSTAVE.

PATOCHE. Bon !.. nous voici à huis-clos, en plein air, avancez... là !.. chacun d'un côté de l'autorité qui va vous interroger et plonger son œil de linx dans les replis de vos cœurs...

MADINE. Ah ! je ne demande pas mieux, car , pour mon compte, je suis bien tranquille, voyez-vous... et monsieur ne pourrait peut-être pas en dire autant... M. Patoche, il y a ici un complot à découvrir... il faut que cet homme s'entende avec nos méchantes voisines...

PATOCHE. Nous verrons bien... nous verrons bien...

MADINE. Sans cela, quel intérêt aurait-il de me perdre, de me désespérer ?.. ce qu'il y a de certain, c'est que je le vois, c'est que je l'entends pour la première fois...

PATOCHE. Et cependant il y a un innocent de plus.

MADINE. Mais si jamais nous ne nous sommes vus...

PATOCHE. Ce n'est pas comme ça que ça se fait...

MADINE. Demandez-lui, qui je suis ? qu'il le dise ?.,

PATOCHE. Quelle est cette jeune personne ? répondez...

GUSTAVE, *qui depuis le commencement de la scène s'est occupé à tracer quelque chose sur son calepin, continuant sans lever les yeux.* Celle que j'aime...

PATOCHE. Celle que vous aimez... c'est bien vague.

MADINE. Là, vous voyez bien, ça vous prouve qu'il ne sait pas même mon nom...

GUSTAVE, *toujours occupé.* Madine...

PATOCHE. Il a pardine, dit Madine !

MADINE. Il sait mon nom ! mais où m'a-t-il vue ?

GUSTAVE. Partout !

PATOCHE. Partout ! ça veut dire nulle part.

MADINE. Enfin, qu'il dise le lieu, la maison que j'habitais.

GUSTAVE, *toujours en train de dessiner*. A Paris, rue de Choiseul, n. 15, au troisième au-dessus de l'entresol.

MADINE. Ah! mon Dieu! comment peut-il donc savoir?

PATOCHE. Quoi, Madine, c'est là que vous étiez?

MADINE. Oui, M. Patoche...

PATOCHE. Comment!.. fille trop étourdie, si jeune, ce n'était donc pas pour vous mettre en apprentissage chez une lingère, que vous aviez quitté le château de Servieux!

MADINE. Non, M. Patoche.

PATOCHE. Ah! ah! vous nous avez fait des cachotteries.

MADINE. C'est vrai, je vous ai trompé; mais je ne puis rien avouer, je suis bien malheureuse.

GUSTAVE, *baisant ce qu'il vient de terminer sur son calepin*. Pour la vie, et toujours ainsi.

PATOCHE, *vivement*. Attendez! l'auteur du délit trace sur son calepin quelque chose de fort intéressant sans doute, car il vient de l'embrasser comme du pain... en vertu de mon pouvoir discrétionnaire, je me donne le droit de tout voir... et je vois... (*En disant ces mots, il avance doucement la main vers le calepin et l'arrache de celle de Gustave, qui demeure immobile comme si rien ne s'était passé... Regardant.*) Un dessin au crayon... c'est une allégorie à la manière d'Anacréon... un cœur enflammé orné de mille flèches!.. c'est délirant... c'est un amour plein de poésie, c'est un gentil Bernard!.. c'est un gentil garçon!..

MADINE. C'est... c'est... indigne!..

PATOCHE. Un amour éternel, et il met ça sur son calpin de peur de l'oublier.

GUSTAVE, *sortant de sa rêverie et s'approchant d'elle*. Madine, chère Madine, si tu savais tout ce que j'ai éprouvé de douleur, lorsqu'après cette malheureuse absence, je ne t'ai plus retrouvée dans cette petite chambre drapée de vert...

PATOCHE, *se redressant, et avec un ton magistral*. Il y avait une chambre drapée de vert, Madine.

MADINE, *confondue*. C'est-il étonnant qu'il sache ça!

GUSTAVE, *avec expression*. Moi qui espérais te voir assise près du berceau de notre enfant.

PATOCHE. Il y avait un berceau et son locataire, Madine?

MADINE. Il faut qu'il soit sorcier.

GUSTAVE, *tendrement*. Oh! combien je me suis reproché de t'avoir quittée; mais c'était pour me procurer l'argent nécessaire à ta situation, sans cela il n'aurait jamais osé venir t'arracher de mes bras.

Il fait un geste menaçant à Patoche.

PATOCHE. Ah! ça, est-ce qu'il s'imagine que c'est moi! Jeune homme je ne vous ai rien arraché du tout, je suis incapable d'arracher quelque chose à quoi que ce soit.

GUSTAVE, *toujours à Madine.* Et quand je suis revenu, ils ont eu l'infamie de me dire que tu étais morte!.. et lui aussi...

Il regarde Patoche.

PATOCHE. Et moi aussi .. Qui diable a été lui dire que j'étais mort!

GUSTAVE. Je devine, ils voulaient te chasser de mon souvenir, et puis te marier à un autre; mais ne crains rien, me voilà, maintenant.

Air de Céline.

Pardonne hélas !-si mon absence
Fut la cause de ton chagrin,
Pardonne aujourd'hui ma présence,
J'apporte ici, ma fortune et ma main.
A cet hymen qu'il m'eût fallu maudire,
Tous, sans remords, ils allaient te livrer,
Seul, je suis venu tout détruire,
Car, seul, je puis tout réparer.

MADINE. Jamais! jamais!

PATOCHE. Par exemple!.. quand il offre sa fortune et son nom, c'est très bien, ordinairement on n'offre rien quand on a tout obtenu, et dès qu'il y a un enfant...

SCENE XI.

Les Mêmes, NANETTE, MÈRE LELEU, MÈRE PERRIN.

NANETTE, sortant tout à coup d'un endroit où elle s'était cachée.

Air : Me voilà ! (Clochette.)

Un enfant ! *bis.*
Quel est donc ce mystère ?
MÈRE LELEU ; *id.*
Un enfant !
MÈRE PERRIN, *id.*
Vous l'entendez, ma chère.
MÈRE LELEU et MÈRE PERRIN.
Ah ! vraiment,
C'est charmant ! *bis.*
C'est vraiment surprenant.
TOUTES LES TROIS.
Un enfant ! (4 *fois.*)

PATOCHE, *les regardant toutes les trois.* Ah! ça, mais il pleut

donc des femmes!.. Y en a-t-il encore?.. Allons, ne vous gê-
nez pas, j'attendrai...

LES TROIS FEMMES, *avec explosion.* Un enfant!

PATOCHE. Eh bien, après... est-ce que vous pensiez que
c'était un chat?

MÈRE LELEU. Non! mais elle vient de vous en faire l'aveu;
c'est donc à elle, bien à elle.

MADINE. Moi, pas du tout... M. Patoche, dites-leur donc que
je n'ai rien avoué de semblable.

PATOCHE. Non, elle n'a encore rien avoué; mais je pense
que ça ne tardera pas.

MADINE. Quoi, vous aussi, vous m'abandonnez, vous me
condamnez!.. Ah! madame Patoche, je n'ai plus que vous pour
appui, c'est vous seule qui m'aiderez à repousser les soupçons
de votre mari et les calomnies horribles de cet homme.

> Elle désigne Gustave qui la regarde, lève les épau-
> les, et va s'asseoir tranquillement sur le banc de
> gazon.

NANETTE. Mais, voyez donc, il est là qui ne dit rien, pendant que cette pauvre enfant pleure. (*A Madine.*) Ça ne m'em-
pêchera pas de soutenir ta candeur et de démontrer ton innocence.

MÈRE LELEU. Ça ne sera pas facile.

NANETTE. Pas facile, quand elle nie.

PATOCHE. Mais le jeune homme affirme... il a même donné
des détails.

NANETTE. Et vous le croyez... il faut que vous soyez bien de
votre sexe.

PATOCHE. Pardine! je l'espère bien...

NANETTE. Mais tous les hommes sont des monstres... y compris les adjoints

PATOCHE. Merci!

NANETTE. Et si M. Patoche, qui, en sa qualité de magistrat,
devrait aide à la faiblesse et protection à l'innocence, t'aban-
donne, eh bien, moi... je ne t'abandonnerai pas.

PATOCHE. Madame Patoche, sans vous mêler de contrôler
mes actes, comme adjoint, je vous enjoins d'emmener cette
jeune personne, afin que je reste seul avec monsieur. Et vous
autres, laissez-nous!

NANETTE. Vous allez combiner des horreurs... j'en suis sûre.

PATOCHE. Ça ne vous regarde pas. (*A mesdames Leleu et Perrin.*) Mais allez-vous-en donc!

MÈRE LELEU. On s'en va, on s'en va, pardine! (*A part.*)
Que le diable l'emporte!

> Elles sortent.

SCENE XII.

PATOCHE, GUSTAVE.

PATOCHE. Hum ! hum ! voici l'instant de terminer cette déplorable affaire ; soyons éloquent, empruntons pour un moment la langue des Fénélon et des Bossuet...hum! hum! jeune homme, maintenant que nous voilà seuls... à moins que les arbres, les oiseaux, le souffle léger de l'air ne jugent à propos de s'immiscer dans ce qui ne les regarde pas, ce qui est douteux ; écoutez-moi, je vais vous parler avec la voix de Fénélon.

GUSTAVE, *le prenant par la main et l'amenant sur le devant de la scène.* La dernière fois que je l'ai vu, monsieur, je l'ai étouffé.

PATOCHE. Qui ça ? Fénélon ?

GUSTAVE. Oui, je l'ai mangé, je l'ai dévoré de caresses.

PATOCHE. Fénélon ?

GUSTAVE. Il était blond, monsieur, ses yeux étaient bleus comme ceux d'un ange.

PATOCHE. Les yeux de Fénélon... Ah ! ça, mais...

GUSTAVE. Aussi, n'ai-je eu besoin que de le voir pour reconnaître mon fils...

PATOCHE, *comprenant.* Allons donc... je disais aussi .. Jeune homme, avant de vous accorder ma fille adoptive, je dois m'assurer en bon magistrat si vous remplissez toutes les conditions d'un bon mari.

GUSTAVE. Parbleu!

PATOCHE. Parbleu ! parbleu ! il faut encore l'habitude!... du côté des devoirs conjugaux, il y a une créature, passons...passons... vous avez donné le jour, c'est clair ; mais avez-vous de quoi l'empêcher d'être obscur, autrement dit de quoi fournir aux besoins d'une femme, d'une famille...

GUSTAVE. Je possède la plus belle fortune...

PATOCHE. Hommage à la plus belle... approximativement... combien ?

GUSTAVE. Un demi-million de revenu...

PATOCHE, *virement.* Un demi-million ! peste ! jeune homme, je vous regarde, dès ce moment, comme un mari bon et utile, non-seulement à sa femme, mais à la commune où il s'établira ; vous choisirez la nôtre, n'est-ce pas ? endroit délicieux ! et un air... je ne vous parle pas de ma famille...

GUSTAVE. Connaissez-vous quelque chose de plus absurde que les parens, monsieur.

PATOCHE. Moi ! je n'ai jamais voulu être parent, je ne veux être que le bienfaiteur de l'humanité, c'est mon rêve, ma fièvre, ma passion ! tel que vous me voyez j'ai fait des découvertes admirables, monsieur, soumis au préfet des projets gigantesques.

GUSTAVE. Ils ne comprennent rien, monsieur...

PATOCHE. C'était pourtant bien simple, des fontaines publiques dans ma cour, une promenade dans la plaine... et des poteaux partout... des poteaux! qui auraient indiqué le chemin aux voyageurs .. la lune aux vignerons, et l'A , B , C , aux petits enfans...

GUSTAVE. Vous les aimez?

PATOCHE. Passionnément; mais mon chef-d'œuvre, c'est un charmant petit ruisseau, au moyen duquel, en l'arrangeant un peu, on aurait fait un très joli petit port de mer, pour recevoir de très jolis petits vaisseaux... Savez-vous ce qu'il a répondu, qu'il me ferait destituer, si je ne le laissais pas tranquille, et il administre, le malheureux !.. vous le verrez passer tantôt, administrant...

GUSTAVE. Connaissez-vous quelque chose de meilleur, de plus éclairé, et de plus intelligent qu'une femme.

PATOCHE. Oui, vous, jeune homme... je vois à votre regard, à votre fortune, que vous me seconderez, que vous applanirez les difficultés que m'a suscitée la préfecture, et que mes plans...

GUSTAVE. Je les approuve...

PATOCHE. Sans les connaître... Eh bien, alors vous vous y connaissez; en voilà donc un qui me comprend... mais il faut des fonds...

GUSTAVE. Je les avance...

PATOCHE. Cuand?

GUSTAVE. Tout de suite.

PATOCHE. Alors, moi. j'avance la main. (*Gustave se remet d écrire sur son calepin et déchire la feuille. — A part.*) Ah ça! est-ce qu'il va me donner son cœur enflammé...

GUSTAVE. Tenez!..

PATOCHE, *lisant.* « Gustave de Givray, » cent mille francs sur son banquier. » Diable, diable, diable... ceci n'est plus à la manière d'Anacréon, c'est à la manière de Crésus. Cent mille francs! ô ravissement! ô mes poteaux! M. Gustave! vous allez être l'époux de Madine, en mettant votre nom à la place de celui d'Ovide sur les bans et autres papiers, la noce pourra se faire à l'instant même, car tout le reste est prêt...

GUSTAVE. Allons, conduisez-moi...

PATOCHE, *le repoussant en arrière.* Pardon, j'ai besoin de me parler... (*A part.*) Si j'envoyais toucher l'argent tout de suite, ce serait d'abord un moyen d'avoir la somme... Ah! oui, très bien !.. ensuite, cela éloignerait ce pauvre Pitrat, pendant que sa future se mariera avec un autre ; car décemment, il ne peut pas être le père d'un enfant dans la composition duquel il n'est entré pour rien... (*Il appelle.*) Pitrat ! ohé ! Pitrat...

SCENE XIII.

Les Mêmes, PITRAT.

PITRAT. Vous m'appelez, père Patoche...

PATOCHE, *se tapant sur la cuisse comme pour appeler un chien.* Ici, Pitrat... ici, j'ai à te parler....

PITRAT. Je ne veux plus rien entendre, madame Patoche me soutient que Madine est innocente, vous allez peut-être dire le contraire, et tout ça m'embrouillerait.

Air : *Ça n'est pas que je me défie.*

J' n'ai déjà pas trop d'esprit dans la tête,
Et si ça marchait d' ce train-là,
Je finirais par être tout-à-fait bête,
J' vous avouerai que j' me passerai ben d' ça,
Montrant Gustave.
Et v'là pourtant celui qu'est cause d' ça.
Fi, vot' conduite est sans pareille ;
Car, grace à vous, en formant cet hymen,
Ne v'là-t-il pas que j'allais m' trouver la veille,
Ce que d'ordinaire on n'est que le lendemain.

Je ne vois plus qu'un moyen, c'est d'assommer l'individu sous prétexte de lui chercher querelle... je vais lui chercher querelle...

Il s'avance vers Gustave.

GUSTAVE, *le saisissant.* Malheureux, rends-moi tout ce que j'ai perdu.

PITRAT. Eh bien, eh bien, voulez-vous finir, est-ce que je vous ai pris quelque chose, M. Patoche !..

PATOCHE, *s'interposant.* Jeune homme, jeune homme, vous m'obligeriez beaucoup de lâcher monsieur, dont j'ai besoin pour faire une commission. (*A Pitrat.*) Mets ton petit cheval à ta carriole, brûle le pavé et va toucher ça ; la ville est à deux pas, et tu peux être de retour en un clin-d'œil. (*A part.*) Juste, le temps qu'il me faudra pour marier l'autre.

PITRAT. Mais, à quoi est-ce que ça m'avancera, ça éclaircira-t-il la chose.

PATOCHE. Quand tu reviendras tout sera terminé...

PITRAT. Alors, j'y cours.

Air.

Ne craignez rien, sans lambiner,
Ma carriole va-t-être prête,

Je grill' de me venger sur ma bête.
Des coups d' poings qu'il vient d' me donner,
Je suis à vous dans un moment ;
A part, montrant Gustave.
A mon r'tour faudra que j' l'assomme

PATOCHE.
Allons, ne perds pas un instant.

(*Parlé.*) Ah ! dis donc ! dis donc.

Reprenant l'air.
Et ne perds pas non-plus ma somme,
Surtout n' vâ pas perdre ma somme.

ENSEMBLE.

PATOCHE.
Allons va-t-en sans lambiner,
Que ta carriole soit bientôt prête ;
S'il le faut tape sur ta bête,
Et moi je vais tout terminer.

(*Il le pousse dehors et revient.*) Il est parti, bon ; maintenant, hâtons-nous d'accomplir l'autre hymen. Mon secrétaire, M. Gringoul... Allons, allons, mon secrétaire, l'autorité demande son secrétaire. (*Le secrétaire paraît.*) Ah ! vous voilà !.. bon !.. (*Il lui parle bas.*) Vous m'avez compris ; maintenant faites venir le monde.

SCÈNE XIV.

Les Mêmes, NANETTE, MADINE, MÈRE LELEU, MÈRE PERRIN, Paysans.

CHŒUR.

Air.

Accourons tous, et que chacun s'empresse,
De tout savoir, amis, voici l'instant ;
De notre adjoint, l'éclatante sagesse
Va devant nous porter son jugement.

PATOCHE. Messieurs et mesdames, vous savez tous si j'aime la morale, il est parfaitement établi que je ne vivrais pas sans la morale ; c'est au point que lorsqu'elle reçoit une taloche, c'est absolument comme si on me donnait un coup de pied... Eh bien, le coup de pied a été reçu, et je n'ai vu qu'un seul moyen d'effacer cet humiliant stigmate... le mariage...

TOUS. Le mariage...

PATOCHE. Oui, et celui auquel vous étiez invités, va avoir lieu ; il n'y aura seulement qu'un des conjoints de changé.

NANETTE. Comment ?..

PATOCHE, *allant prendre Gustave par la main.* Monsieur, que voilà, à la place d'Ovide, c'est toujours un homme.

MADINE, *pleurant.* Que dit-il? Oh ! mon Dieu, mon Dieu...

MÈRE LÉLEU. Tant mieux, Ovidé épous'ra ma boulotte...

MÈRE PERRIN. Et moi, ma chonchette.

PATOCHE. Allons, que chacnn reprenne sa place selon l'ordre et la marche de tantôt vous n'étiez pas là, mère Leleu. Allons, à la queue Leleu ! madame Patoche en tête, jeune homme, la main à votre future.

GUSTAVE, *tendrement à Madine.* Chère Madine, l'instant le plus doux de ma vie est donc enfin arrivé !

MADINE. Encore une fois, monsieur, je ne vous connais pas, et jamais on ne me fera consentir,

PATOCHE. Mais, puisque c'est le père...

MADINE. Et qu'est-ce que ça me fait à moi, si je ne suis pas la mère.

GUSTAVE, *avec feu.* Qu'oses-tu dire? Ah! vous tous, suppliez-là pour moi, elle veut me repousser, cela est impossible.

Mouvement des villageois.

PATOCHE, *vivement.* Silence! ne l'obsédez pas, elle va marcher, Madine, viens sur mon cœur, plus près, ah! plus près, j'ai deviné la cause de ta résistance, c'est le dépit qui te domine, il t'a fait des traits, allons, allons... eh bien ! il réparera tout cela. *(A lui-même.)* Dans la chambre drapée de vert... *(Aux autres)* Elle marche, la voilà qui marche.

MADINE. Laissez-moi, on m'y oblige, on m'y contraint, je vais tout dire...

Air : *Quand cette union si chère.* (Folbert.)

Je devais garder le silence,
Mais, ici, c'est bien malgré moi,
Que je cède à la violence,
Et que je vais trahir ma foi.

Tout le monde l'entoure.

GUSTAVE.

Ne cache rien, je t'en supplie.

NANETTE.

Il veut tout savoir jusqu'au bout.

(A Patoche.)

Il ne l' sait donc pas ?

PATOCHE.

Chère amie,

Est-ce que les hommes savent jamais tout.

MADINE.

Pardonne, ô ma sœur chérie,
Si je dévoile ton secret.
Il y va du bonheur de ma vie
Et ton cœur me l'ordonnerait.

ENSEMBLE.

PATOCHE.

Allons, faites silence,
Montrez de la prudence,

Et j'en ai l'espérance?
Oui, ce mystère-là
Soudain s'éclaircira,
Dès qu'elle parlera.
TOUS LES AUTRES.
Allons, faisons silence,
Montrons de la prudence,
Ayons bonne espérance,
Et ce mystère-là
Soudain s'éclaircira,
Dès qu'elle parlera.

MADINE Eh bien, donc, une jeune fille dont je ne dirai le nom qu'à ma mère adoptive si on le veut absolument.

PATOCHE. Ce n'est pas à madame Patoche mais à l'autorité, que vous avez à faire cette confidence; continuez.

MADINE. Cette jeune fille, repoussée par la famille de son amant, entraînée par un amour irrésistible... avait commis une faute...

PATOCHE. Elle avait eu tort, la morale est blessée, ça ne se fait pas; continuez.

MADINE. Prévoyant le jour où elle deviendrait mère, elle m'a appelée, à Paris, auprès d'elle.

NANETTE, *à mère Leleu.* Une autre jeune fille ..

PATOCHE. Silence, femmes...

MADINE. C'est à la servir, à lui prodiguer mes soins que le temps de mon absence a été employé. Voilà la vérité toute entière, et le témoignage de celle à qui j'ai rendu ce service, confondrait au besoin l'imposture d'un homme que je ne connais pas, je le répète, et dont il m'est impossible de m'expliquer la conduite et les intentions...

PATOCHE. Ah! ça mais, je n'y suis plus du tout, moi; dans une perplexité pareille, il est évident que l'autorité la mieux constituée ne peut plus que barbotter comme un canard.

MÈRE LELEU. Est-ce que vous croyez ça, mère Perrin?

MÈRE PERRIN. Il y a du louche...

NANETTE. Oui, pour ceux qui ont les yeux de travers, mais pour moi, qui Dieu merci, ai toujours regardé droit devant moi, il n'y en a jamais eu. (*A Gustave.*) Et vous, monsieur, qui êtes venu jeter le désespoir dans le cœur de cette enfant; allez, vous devriez rougir, et tomber à ses genoux pour lui demander pardon.

GUSTAVE, *sortant de sa rêverie.* Eh bien, qui nous arrête, pourquoi ne sommes-nous pas déjà au pied de l'autel, qui donc s'oppose à notre bonheur? (*Voulant lui prendre la main.*) Serait ce lui, Madine?

SCENE XV.

Les Mêmes, LE BEDEAU.

LE BEDEAU. M. Patoche, M. Patoche!

PATOCHE. Ah ça, aujourd'hui, c'est comme une révolution on ne voit que des estafettes.

LE BEDEAU. Une nouvelle plus surprenante encore que la première, Mathurin le bucheron, à qui on avait volé son enfant, vient de le reconnaître dans celui que j'avais trouvé à la porte de l'église.

PATOCHE. La petite pomme cuite! Ah! ça, mais, qu'est-ce que cela veut dire.... si c'est l'enfant de Mathurin... il est évident que ce n'est pas l'enfant de monsieur.... on ne peut pas être l'enfant de trente-six pères; il y a en vérité de quoi démoraliser trois adjoints, et je suis tout seul. (*A Gustave.*) Voyons, étranger... car au bout du compte, qu'est-ce que c'est donc qu'un étranger comme ça... est-ce que vous auriez voulu nous mystifier par hasard? il a voulu nous mystifier?

LES HOMMES. Faut l'assommer... faut l'assommer.

> *Ils entourent Gustave, qui reste calme et tranquille malgré leurs menaces.*

SCENE XVI.

Les mêmes, PITRAT, *suivi d'un* DOMESTIQUE *à livrée.*

PITRAT, *accourant et embrassant tout le monde.* Ah! ma pauvre Madine... ah! père Patoche! ah! mère Patoche...ah!..

> *Il s'arrête au moment d'embrasser aussi Gustave.*

PATOCHE. Voilà l'autre à présent...

PITRAT, *au Domestique, en lui montrant Gustave.* Eh! tenez, n'est-ce pas celui que vous cherchez?

LE DOMESTIQUE. Précisément...

PATOCHE, *le tirant vivement, à part.* Et mon bon?..

PITRAT. Vous allez voir... L'histoire est des plus sensibles, et il y a même de quoi faire une complainte, lisez...

> *Il lui donne une lettre.*

TOUS. Écoutons...écoutons!..

PATOCHE, *regardant le papier.* Mais ça n'est pas ma somme.

PITRAT. Votre bon n'était pas bon.

PATOCHE. Pas bon, mon bon!.. Mais alors ce jeune homme n'est qu'un gueusard, un va-nu-pieds, qui n'a pas seulement cent mille francs dans sa poche... ah! tu as voulu te jouer de l'autorité !... eh, bien ! elle te fera aller, aussi l'autorité.. mais en prison, gueusard...

GUSTAVE, avec résignation. Tout ce que vous voudrez, mon père...

PATOCHE. Son père...

PITRAT. Mais lisez donc, père Patoche, lisez donc...

PATOCHE. « A M. l'adjoint, etc. Monsieur, pardonnez, si »retenu chez moi par la souffrance... » il paraît que c'est un homme malade, « la souffrance, je ne puis venir vous remercier »moi-même, du service que vous me rendez .. » un service .. (donnant la lettre à sa femme.) continue, ça devient affligeant .. ça m'affligerait !

NANETTE, continuant. « J'ai voulu briser violemment un lien »que mon fils avait formé sans mon aveu... dans son déses- »poir, il a fui la maison paternelle ; alors, je me suis repent... »j'ai rappelé celle qu'il aimait, et cet enfant, le fruit de leur »amour... et je suis prêt à bénir leur union. Puisse le bonheur »qui l'attend à son retour lui rendre la raison que ma cruauté »lui avait fait perdre... » C'est un fou !

TOUS. Pauvre jeune homme !

Mouvement de compassion.

NANETTE, achevant la lecture de la lettre. « Le comte de Gi- »vray. »

TOUS. Le comte de Givray !

MADINE. Le comte de Givray, dites-vous ?.. son fils !.. comment, ce serait là l'époux de ma jeune bienfaitrice ?..

NANETTE. C'était donc mademoiselle de Servieux, que tu étais allée rejoindre ?..

MÈRE LELEU, à mère Perrin. Ah !.. c'est celle-là...

MADINE. Je comprends tout, maintenant ! dans sa folie, le malheureux me prenait pour elle...

PITRAT. Depuis son accident, ils me l'ont dit là-bas, toutes les femmes et tous les enfans sont les siens .. Ah ! je ne lui en veux plus... monsieur, monsieur... (Il court à Gustave.) Allez vite, on n'attend plus que vous pour votre mariage.

GUSTAVE, poussant un cri de joie. Mon mariage.

PITRAT. Oui, oui, monsieur votre père vous demande.

GUSTAVE, changeant tout à coup d'expression. Mon père !.. (Avec un soupir.) J'obéirai. (Apercevant le domestique.) Antoine !.. conduis-moi, près de mon père. (Revenant vivement à Madine.) Chère Madine !.. Oh ! ce n'est que pour peu de temps... bientôt, je reviendrai... Oh, oui... bientôt... mais toi...tu jures de m'attendre ?.. de ne jamais en épouser un autre ?

MADINE, à elle-même. Pauvre jeune homme !..(A Gustave.) Oui, oui... soyez tranquille, je le jure.

PITRAT; *à Madine.* Eh bien, màm'zelle, c'est gentil !.. et moi donc ?

PATOCHE, *à Pitrat.* Veux-tu te taire, imbécile, puisqu'il est malade, tu ne vois pas qu'il est malade, flatte donc son indisposition.

GUSTAVE, *montant déjà le sentier du fond.* Adieu, adieu, Madine... à bientôt !

NANETTE. Je suis toute émue.

PATOCHE. Et moi donc, j'en ai encore la paupière humide ! l'autorité qui pleure d'attendrissement, ça ne s'était jamais vu... voyons, voyons, vous autres, il me semble que voilà un bon bout de temps que monsieur le curé nous attend, venez vous marier... flattons son indisposition.

> Le village défile par la droite, tandis que Gustave s'élance à gauche, en agitant encore son mouchoir.

MADINE, *au public.*

Air :

Désormais je vais être heureuse,
Et j'en serais sûre aujourd'hui
Si votre bonté généreuse
Daignait me prêter son appui.

PATOCHE. Là ! c'est très gentil, va retrouver ton époux. Messieurs, il me serait très pénible d'éprouver du désagrément devant mes administrés ; l'autorité se met à vos g'noux, car ces malotrus diraient notre adjoint est un oie, un dindon, une alouette, vous pouvez choisir le volatil, et le gouvernement serait en danger... si nous étions entre nous, je dirais allez votre train, mais il y a ici des dames, et vous n'ignorez pas qu'on ne siffle jamais devant des dames. Au surplus, je prends l'engagement d'aller recevoir vos reproches à domicile, demain matin, de bonne heure, je serai chez-vous. C'est convenu. (*Finissant l'air.*)

J' puis avoir tort j' vous l' dis tout bas
Mais jusqu'à d' main, n' vous fâchez pas.

CHŒUR.

Ah ! quel bonheur, etc.

FIN.

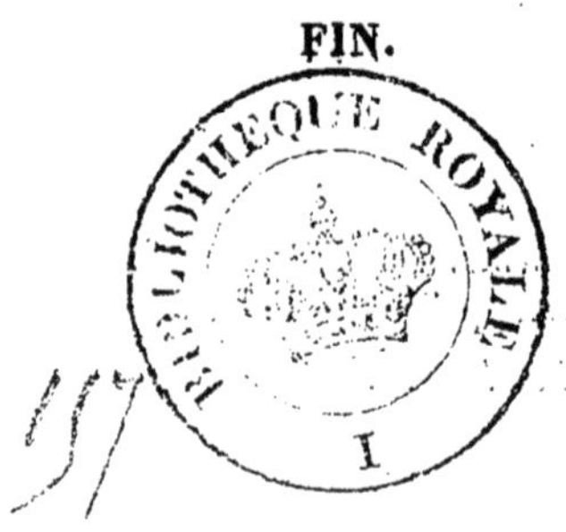